Gina Roßmeisl

Der Kommandant

Eine Geschichte von Sieg und Niederlage

Kurzgeschichte

Für euch aus der Vergangenheit, für euch aus
der Gegenwart, für euch aus der Zukunft

Herstellung und Verlag: BoD – Books on Demand,
Norderstedt
ISBN: 9783753471426

„Der Krieg ist darin schlimm, daß er mehr böse Menschen macht, als er deren wegnimmt."

Immanuel Kant

Sieg

Die Zeiger teilten die Uhr in zwei Teile. Dreiunddreißig Sekunden trennten ihn vom Zuspätkommen. Es war keine Seltenheit. Endlich klopfte es an der Zimmertür. Die Dame ergriff die Bettdecke, mit der sie sich bedeckt hielt, um die Kälte des ungewöhnlichen Sommers abzuwehren. Badeanzüge wollte in diesem Jahr niemand erwerben, selbst die Kirschen waren noch grün. Am heutigen Abend kam den Temperaturen auch ein Regenschauer bei, welcher sich mitsamt eines Gewitters entlud.

Es klopfte erneut. Im Takt der aufkommenden Fingerknöchel wurde der Körper der Dame mit Aufregung erfüllt. Beeilen musste sie sich. Sie schwang die Beine aus dem Bett.

„Ich komme!", gab sie zu erkennen.

Beinahe hätte sie die Nachttischlampe mit sich gerissen, deren Fuß zu tänzeln begann. Scherben wären fatal, denn ihre Ersparnisse waren knapp. Doch die Dame konnte ihr keine Aufmerksamkeit schenken. Der Spiegelschrank war das Ziel. Ein letztes Mal richtete sie Kleid und Haar. So teuer wie sie aussah, so viel hatte sie auch gezahlt. Doch das rote Kleid, welches sie auf dem Arbeitsweg zu Gesicht bekam, konnte sie selbst nach längerer Überlegung nicht hängen lassen. Und auch die Locken hatten einen Schnitt verdient. Sie strich sich noch ein letztes Mal über den Kopf, in welchem sie nun ihre wahre Identität für einige Stunden vergraben würde.

Sie war bereit.

„Das Leben ist temporär", hörte sie ihn in Gedanken sprechen, bevor sie das Türschloss entriegelte und die Klinke herunterdrückte, „Ob die Kausalität nun eine Waffe sei, oder eine Mutation deiner Gene ist reine Nebensache."

Der Wind zog durch die Flure des Hotels. Er würde heute Menschen zusammenbringen.

„Hallo", sprach sie. Sogleich bemerkte sie das Aufkommen der Scham. Das kleine Wörtchen schien dem Besuch immer ungerechter zu werden, je länger sie ihn betrachtete. Es war ihr bewusst, dass auch eine andere Wahl der Begrüßungsform dieselben Gefühle in ihr auslösen würden. Denn die Dame wechselte diese mit jedem Treffen. Doch keines davon konnte jenem Mann genügend Ehrerbietung entgegenbringen. Die Stickereien auf seinen Schulterstücken waren Grund genug. Dass ihr jedoch der gleiche Ausdruck galt, störte sie nicht. Schließlich passte diese Phrase zu ihr. Sie war gewöhnlich.

Die Dame bat ihn hinein. Ihre Freude war schwer zurückzuhalten; die Süffisanz ihrer Mimik kaum zu bewahren. Der Beginn seiner Besuche war ihr immer der liebste Moment. Die Vorfreude war nach wie vor präsent, auch der Alltag hing noch in ihren Gedanken. So galt ihre Aufmerksamkeit dem Wandel, den er mit jedem Schritt brachte. Ihre Welt kam unter übermenschlicher Macht zum Erliegen. Sie kapitulierte bedingungslos.

Der Rucksack glitt von seinen Schultern. Es klirrte. Das Aufkommen des Gepäcks auf dem Parkett ließ einen Knall entstehen, welcher dem Donner außerhalb des Zimmers glich. Vor Erschöpfung stöhnte er. Die Dame fragte sich, welche Erinnerungen und Gedanken diesem Hauch von Luft galten. Waren sie so schwer wie der Inhalt seines Gepäcks?

„Lass mich dir helfen", entgegnete sie ihm.

Er entledigte sich seiner Oberbekleidung. Wenigstens die physische Last wollte sie ihm abnehmen. Fordernd streckte sie die Hände aus.

„Danke, ich komm schon klar."

Enttäuscht erinnerte sie sich an die vergangenen Treffen. Noch nie war es ihr gelungen, ihre Finger auf seine schmutzige Kleidung zu legen. Mit der Berührung des Mantels, dem Fühlen des Baretts und dem Tasten des Rucksackes stellte sie sich eine Reise in seine Welt vor. Seine Freiheit war ihr Ziel. Es lag in der Ferne.

Welche Erden würden wohl daran kleben? Wie würden sich die Spuren des Windes eines Nachbarlandes anfühlen? Welche menschlichen Flüssigkeiten hatten sich in den Stoffen festgesetzt? Die Gedanken glichen einem Rausch

„Johanna", unterbrach er sie, „Wie geht es dir?"

Die Dame blickte zu ihm auf. Das Lächeln hatte sie während ihrer Grübelei beinahe vergessen. Sie korrigierte ihre Mimik. Es war ungewöhnlich, dass er Fragen an sie richtete. Umso mehr freute sie sich darüber. Doch was hatte sie schon zu erzählen? Ihre Existenz folgte einer Regelmäßigkeit, welche nur selten variierte. Stattdessen war sie besessen von jeder Einzelheit seines Lebens. Antworten bekam sie nicht immer, oft wich er ihren Fragen aus. Danach schämte sich Johanna meist. Sie war zu neugierig. Das gehört sich nicht.

Doch heute, so schien es, galt sein Interesse auch ihr. Sie musste sich räuspern. Diese blauen Augen reichen vollends, um den Menschen den Verstand zu rauben, dachte sie. Munition und Manneskraft waren überflüssig.

„Ich freue mich, dich wiederzusehen."

Die Dame ärgerte sich. Sie hätte etwas anderes, etwas *Geistreicheres* sagen sollen. Fast hätte sie begonnen, an ihren Fingernägel zu pulen. Doch die Maniküre war teuer. Ihre Worte waren keine Lüge, höchstens eine Untertreibung. Schließlich lagen sechs Monate des Wartens hinter ihr. Einhunderteinundachtzig lange Tage der Sehnsucht und Ungewissheit. Ängste, welche sich heute verflüchtigt hatten. Ihr Himmel brannte wieder; das Leben konnte weitergehen.

Es ging ihr gut. Es ging ihr wahnsinnig gut.

Johanna erlag ihren Gefühlen. Sie schmiegte sich an ihn. Ihr Kopf an seinem Herz und die Hände an der Schulter. Sie konnte nicht genug von seiner Person bekommen, es war niemals genug. Er war wieder da. Vollkommen. Ihr Besuch eröffnete die Arme und legte sie um die Dame. Es war eine Genugtuung. Die Verbindung zu fremden Welten hatte sich entfaltet. Sie wollte mehr davon. Johanna dachte an die Ecken und Kanten seines Körpers. Die Flecken auf dem makellosen Bild seiner selbst, welche dennoch zur Perfektion beitrugen. Sie wusste um die Existenz der Kuhle inmitten seines Brustkorbes, in der sie nun versank. Und auch die Narbe auf seinem Bauch konnte sie durch die Schichten ihrer Kleidung vernehmen. Es waren die Anker an ihm, die Johanna festhielten. Selbst an Variablen erfreute sie sich. Der Geruch um ihn war eine Gedankenreise und der Schmutz ein Mosaik. Jedes Treffen bot ihr Rätsel. Das Fremde im Bekannten wurde zu einem Genuss.

Der Besuch legte seine Hand auf ihren Kopf. Sie bewilligte es mit einem Lächeln. Die Dame spürte die Wärme. Verlieren könnte sie sich darin, dachte sie. Die Innigkeit hatte ihr gefehlt. Er begann zu kraulen. Seine Fingerkuppen zogen Kreise auf ihrer Kopfhaut. Sie zeichneten Buchstaben und schrieben Wörter. Zwar konnte sie diese nicht entziffern, doch der Analphabetismus war ihr ein Spiel.

„Wir legen uns auf das Bett", sagte Johanna, wobei sie jeden Buchstaben besonders langsam formulierte.

Ihre Sprache glich der eines Grundschülers. Das Lachen konnte sie sich kaum verkneifen. Er blickte fragend drein.

„Deine Nachricht auf meinem Kopf."

Sie zeigte auf seine Hände. Es dauerte, bis er verstand. Ein helles Lachen drang aus seinem Mund. Johanna stimmte mit ein. Es war eine Seltenheit, dass sie zusammen lachten. Sie schob es immer auf den Unterschied ihrer Wesen. Doch die Ironie hinter der Neckerei schien auch ihm zu imponieren.

„Wenn du meinst", sprach er.

Die Dame wunderte sich, dass er auf ihren Scherz einging. Erfreut war sie allemal. Er grinste, als er ihre Hand nahm und sie in Richtung des Bettes führte. Die Federn der Matratze quietschten unter dem Aufkommen ihrer Last. Erneut mussten sie lachen.

Die Laune ihres Besuches stimmte sie heiterer. Er wirkte verändert. Jedoch nicht im Sinne seines Aussehens. Es war von außen nicht zu entdecken. Sein gescheiteltes Haar und das glattrasierte Gesicht folgten bekannten Prinzipien. Doch sein Innerstes hatte sich gewandelt. Die Ernsthaftigkeit hatte der Kommandant abgelegt. Selbst seine Kühnheit verflog mit jeder Minute. Er wirkte rein mit sich und der Welt. Beinahe hätte Johanna mit der Ursachenfindung begonnen. Doch nur ungern wollte sie die Situation mit Fragen zerstören. Schließlich würde seine Laune Johanna noch von Nutzen sein. Draußen blitze es.

Er hielt ihre Hand, während sie auf der Bettkante saßen.

„Hübsch siehst du aus", stellte er fest.

Das Kompliment ließ in Johanna ein Feuerwerk explodieren. Sie wurde rot. Es war kein Geheimnis, weshalb sich die Wege der beiden zwei Mal jährlich kreuzten. Doch die Befriedigung ihrer niedrigen Bedürfnisse eröffneten nur selten Raum für zweiseitige Romantik. Johanna war es bewusst, dass der Kommandant seine Zeit nicht aus Affinität oder Verbundenheit mit ihr verbrachte. Der Wunsch nach Befriedigung schien ihre einzige Gemeinsamkeit darzustellen. Umso mehr erfreute sie die Gefühlstiefe, welche nun auch aus seinem Mund zu vernehmen war.

Sie musste etwas zurückgeben, er sollte sich nicht benachteiligt fühlen, dachte die Dame. Er musste von ihren Gefühlen erfahren. Noch nie schien er so offen für *ihre* Worte. Wenn nicht jetzt, wann dann?

„Franz", sprach sie und erhob ihren Kopf. Ihre Augen trafen sich. „Wenn mir in der Nacht der Schlaf fernbleibt, dann begebe ich mich an meine Fensterbank und suche den Mond. Ich suche das Licht, welches selbst in aller Finsternis eine Orientierung bietet und frage mich, ob du es auch gerade siehst."

Er räusperte sich.

„Die Sorge umfasst mein Herz zu jeder Stunde, denn zu keinem Zeitpunkt kann ich mir sicher sein, dass du noch lebst. Gebrochen sein könnte unser Bund, in Erinnerung und Sehnsucht zerfallen. Dein Herz könnte schon längst aufgehört haben zu schlagen. Jeden Tag lebe ich mit der Angst und hoffe, dass du zu unseren Zeiten an dieser Tür klopfen wirst."

Ein Donner durchschnitt Johannas Worte.

„Doch nun weiß ich Bescheid um deinen Wert. Kämpfst stets für dein heilig Land und mich. Erledigst Feinde im eigenen Todeskampf. Selbstlos und mit Passion. Fällst Entscheidungen mit Entschlossenheit. Ein Volksheld bist du! Nieder mit den Pazifisten, welch feige Narren. Nur einen kühnen Krieger wie dich, könnte ich je lieben."

Es folgte Stille. Voller Erwartung hatte Johanna die Augen aufgerissen. Die Spannung des Geständnisses beherrschte sie. Ihr Körper bebte. Die Ekstase hatte ihr die Wahrnehmung geraubt. Sie hatte es nicht einmal bemerkt, dass Franz ihre Hand losgelassen hatte. Stattdessen hatte dieser seinen Blick gesenkt. Die Deutung der Situation fiel ihr schwer. Einen klaren Gedanken konnte sie nicht greifen.

„Franz?", fragte sie deshalb.

Der Kommandant reagierte zunächst nicht. Er verblieb in seiner Position, ohne Johanna eines Blickes zu würdigen. Schließlich sprang er auf. Er begann Unverständliches zu murmeln. Seine Worte konnte sie nicht entziffern, obwohl sie ihnen teilhaben wollte.

Seine Stimme wurde lauter, die Sprache nahm Gestalt an.

„Die Menschen sind dumm. Die Menschen sind allesamt dumm", sprach er.

Er schien plötzlich von einer Nervosität eingenommen zu werden. Zwar hatte er Johanna den Rücken zu gedreht, doch seine Reflexion im Spiegelschrank ließ ihn erkennbar werden. Das Gesicht schien plötzlich so bleich, die Augen waren weit geöffnet. Schützend hatte er die Arme um sich gelegt. Wäre sie nur still geblieben, dachte Johanna, denn seiner Reaktion konnte sie keinen Erfolg beimessen. Zu voreilig war sie gewesen und hatte sich im Rausch der Romantik treiben lassen. Sie biss sich in die Lippe.

„Idioten sind sie", hörte sie ihn murmeln, „die Dümmsten von allen."

Die Dame verstand nicht. Eine solche Reaktion auf ein Liebesgeständnis hatte sie noch nie erlebt. Seine Melodie war aus dem Takt geraten; die Töne schief. Der Himmel blitzte.

„Was redest du da?", wollte sie wissen.

Ein Funke der Hoffnung erglomm noch immer in ihr. Sie wollte sich erklären, seine Reaktion beschwichtigen. Doch ihr Traumgebilde der sich verfestigenden Affäre fiel plötzlich in sich zusammen. Der Schreck in ihr war zu kräftig.

Sein Schreien ließ die Wände erzittern.

„Ungeziefer seid ihr! Nichts Gescheites kommt in euren Köpfen zusammen, doch denkt, ihr wäret im Recht. Das

Beisein der anderen lässt euch glauben, ihr würdet die Regeln von Leben und Sterben erkennen."

Nun sprach er sie direkt an. Doch seine Worte warfen nur noch mehr Fragen auf. Nie zuvor hatte sie ihn so erlebt. Seine militärischen Charakterzüge waren nun Beisitzer ihres Treffens. Ihre Anwesenheit entfachte in Johanna ein Feuer des Schreckens. Sie war wie gelähmt, als sie die Veränderung seiner Gestalt wahrnahm. Eine hochrote Haut und die aufgerissenen Augen waren die Boten seiner Wut.

„Kühner Krieger", schnaubte er, „Dass ich nicht lache!" Die Finger konnte Johanna kaum mehr still halten. Unschlüssigkeit beherrschte sie. Sie musste eine Entscheidung treffen.

„Es ist ja die Wahrheit. Ein Volksheld bist du. Nichts von minderer Natur!"

Doch sie entschied sich falsch.

Ihre Antwort schien Franz nur noch mehr zu verärgern. Das Rauschen in seinen Ohren konnte selbst sie vernehmen. Er schnaubte abfällig und hatte die Hände geballt.

Plötzlich ging der Kommandant auf sie zu. Jeder Schritt erschwerte ihre Atmung, denn der Kloß in ihrem Hals, schien bedrohlich zu wachsen. Eine Erklärung wollte sie nicht mehr, sondern nur noch fliehen. Als er jedoch ihren Leib nach hinten schubste, realisierte sie, dass es zu spät war.

Die Kraft, welche auf sie einwirkte, war mächtig. Das Aufkommen auf dem Bett ließ einen stechenden Schmerz in ihrem Nacken entstehen. Die Leichtigkeit, mit der Franz ihren Körper dominiert hatte, brachte sie zum Erzittern. Das Fremde an ihm, was sie sonst geliebt hatte, war nun ihr Feind. So kannte sie ihn nicht; so wollte sie ihn nicht kennen.

Der Kommandant lehnte sich über sie und erfasste ihre Schultern. Der Druck verursachte Schmerzen. Nicht einmal Schreien konnte sie. Der Wunsch nach Beischlaf hatte sich verflüchtigt, sie dachte nur noch an Flucht. Weg von ihm. Ihr Puls raste und drohte ihre Hülle zum Explodieren zu bringen. Noch nie musste sie so fühlen. Ein solcher Kampf war ihr neu.

Franz hockte sich breitbeinig über sie. Ihre Arme klemmten unter seinen Knien. Gegen diese Kraft konnte sie nicht ankämpfen. Er hatte sie unter Kontrolle. Das Herauswinden scheiterte. Der Blick in seine Augen ängstigte sie noch mehr. Je länger sie das Blau betrachtete, desto präsenter wurde der mangelnde Glanz, der es sonst zierte. Es war ein fahler Anblick. Einzig die Reflexion der Blitze konnten sie zum Leuchten bringen. Johanna zuckte zusammen. Doch es war nicht nur die Reaktion auf einen Donnergroll. Das Gemisch aus Angst und Ekel ließ sie realisieren: Der Mann auf ihrem Körper war nicht Franz.

Franz sprach sanft zu ihr und brüllte nicht. Franz streichelte und packte nicht. Franz respektierte und dominierte nicht. Doch vor allem weinte Franz nicht, sondern lächelte und genoss.

„Ihr seid doch alle dieselben Missgeburten", schrie er durch das Zimmer.

Ihre Blutgefäße verengten sich. Sie wusste nicht, wie ihr geschah. Was hatte sie in diese Situation gebracht? Doch einen klaren Gedanken konnte sie nicht fassen. Die roten Augen von Franz waren präsenter. Sein Körper schien das Feuer selbst mit Tränen nicht löschen zu können.

Plötzlich umgriff der Kommandant ihr Gesicht. Die Fingernägel hatten sich in ihre Wangen gebohrt; Wegdrehen war unmöglich. Dieser Wunsch wurde nicht nur durch die Schmerzen bestärkt, sondern auch durch das Gesicht über ihr. Es präsentierte furchterregende Grimassen. Selbst seine Tränen ängstigten sich davor. Diese fielen nur stumm auf Johannas Dekolleté. Physisch war er ihr plötzlich so nah, doch emotional hatte er sich entfernt. Auch seine schluchzenden Schreie glichen dem Gewitter. Wer war dieser Mann? Was trieb ihn zu solchen Taten? Franz Fingernägel krallten sich fester in ihre Haut. Der Schmerz stieg.

„Die Welt", schrie er, „Die Welt kann mich mal am Arsch lecken!"

Etwas Salziges benetzte ihre Zunge. Denn ihr Mund stand offen vor Schreck. Sie erwartete eine Explosion seines Gesichts. Dieses wurde immer röter, bald würde es platzen. Sie war nie christlichen Glaubens, doch so, schätzte sie, müsse der Teufel aussehen. Noch immer beherrschte der Unglaube ihren Geist. Was Franz gerade tat, entsprach nicht seinem Wesen. Mehr konnte sie nicht erfassen.

Dann plötzlich bot Franz ihr eine Verschnaufpause. Er ließ von Johannas Gesicht ab und glitt mit seinem Körper weiter abwärts. Die Entlastung tat ihr gut. Gierig sog sie die Luft ein. Doch ihr kleines Gefühl von Trumpf zerschellte sogleich. Seine Hände griffen in die Knopfleiste ihres Kleides. Er zerriss es, sodass die Knöpfe davon flogen. Sogar an der entfernten Fensterscheibe konnte man sie aufschlagen hören.

„Damit du verstehst, wie man sich da draußen fühlt", sprach Franz zu ihr.

Böse funkelte er sie an. Das Kleid könne sie nun nicht mehr zurückgeben, dachte sie. Doch es war ihr kleinstes Problem. Die Hand des Kommandanten wanderte zu ihrem Busen. Er packte ihn. Grob war er. Die Scham durchdrang jede Zelle ihres Körpers. Am liebsten hätte sie ihren Kopf unter ein Kissen gesteckt. Doch verstecken war ihr nicht möglich. Ein unsagbarer Schmerz hielt sie in Position. Der Ohnmacht war sie nahe, denn er hatte ihren Hals ergriffen. Seine Tränen prasselten auf sie ein. Für das Weinen hatte sie selbst keine Kraft mehr. Da war nur ihre Todesangst. Keine Hoffnung schien in Reichweite.

„Der Hauptgefreite!", schrie Franz. Er unterbrach, um nach Luft und Kraft zu ringen. Denn dieser begann nun nach jedem Wort, fester zuzupacken.

„Der Korporal!" Er packte fester.

„Der Major!" Er packte noch fester.

„Der Oberfähnrich!" Er würde bald ihren Kehlkopf zerdrücken.

„Und das gesamte verfluchte Heer!" Er hatte ihr nun Sterne geschickt.

„Kann mich mal am Arsch lecken!"

Plötzlich gab er Ruhe.

Franz konnte nur noch jämmerlich auf die Seite fallen und wimmern. Johanna hatte einen Moment der Unachtsamkeit ausgenutzt. Mit letzter Kraft stieß sie ihr Knie in seine Körpermitte. Bald wäre es aus gewesen, dachte sie, während sie nach Luft rang. Der Sauerstoff war ihr knapp geworden und auch das Licht hatte sich beinahe verabschiedet. Doch die fragmentierte Welt setzte sich wieder zusammen. Auch ihr Geist kam zurück. Es brach in sie ein. Sie konnte nur noch an eines denken: Flucht.

Zwar war das Bett nicht hoch, doch der Aufprall auf dem Boden schmerzte. Zu schwach war sie, um sich allein auf den Beinen fortzubewegen. Ihre Knie waren zu nachgiebig. Sie musste auf allen Vieren kriechen. So schnell wie möglich musste sie Franz hinter sich lassen. Die Wand war ihr Ziel. Doch es war kein leichtes

Unterfangen. Ihr Körper wollte ruhen, ihr Kopf vor allem den Todeskampf hinter sich lassen.

Endlich spürte sie den Schutz am Rücken. Vorsichtig griff sie nach ihrem Hals. Sie musste sich vergewissern, dass dieser Kopf und Rumpf noch miteinander verband. Doch als Johanna ihre Hand an ihn legte, spürte sie ihn pulsieren. Das Leben war noch da. Voller Erleichterung rang sie intensiver nach Luft. Sie konnte gar nicht genug davon bekommen. Die Kälte des Mauerwerkes tat ihr gut. Sie spürte ihren Leib glühen. Die Freude, dem Tode entkommen zu sein, breitete sich in ihr aus. Doch selbst für einen triumphierenden Jauchzer war sie zu schwach. Sie konnte kaum den Kopf oben behalten. Johanna ärgerte sich. Was hatte sie sich nur dabei gedacht? Seinem Wutanfall hätte sie entkommen können. Doch sie war zu neugierig, um einfach zu verschwinden. Dass sie sich selbst in den Ernst der Lage gebracht hatte, beschämte die Dame. Die Reißleine hätte sie schon eher ziehen müssen.

Die Zeit des beidseitigen Auskurierens war in Stille getaucht. Kein Laut war zu vernehmen. Allein das Gewitter unterbrach die Ruhe. Johannas Blicke tasteten das Bett ab. Noch immer hatte Franz die Hände zwischen seine Beine geklemmt. Er wimmerte nicht mehr. Doch seine Augen waren auf die Dame gerichtet. Nur der Wimpernschlag ließ sie vergewissern, dass er noch lebte. Das Starren hielt eine Weile an. Erneut durchfuhr Johanna die Erkenntnis, dass sie hier nichts mehr verloren hatte. Ihre letzten Worte waren gesagt. Die Polizei sollte sie aufsuchen und dem Hotel Bescheid geben. Franz war gefährlich.

Sie musste weg von hier. Und zwar *schleunigst*!

Ihren Körper zu erheben, war ihr kein Leichtes. Johannas Gliedmaßen schienen Tonnen zu wiegen. Des Weiteren musste sie Franz im Auge behalten. Er war unberechenbar. Mit der Wand als Stütze erhob sie sich. Ausschau hielt die Dame nach Rucksack und Jacke. Es waren Meter des Schmerzes, die sie gehen musste. Die Arme bekam sie nicht in die Jacke. Sie hing sie sich über die Schultern.

Johanna machte sich auf den Weg.

Die Türklinke hatte sie kaum berührt.

Da traf sie ein Schlag.

Niederlage

Die Dame brauchte ihre Zeit, um zu realisieren. Denn die Wucht, welche sie traf, stammte nicht aus der Hand von Franz. Es waren drei Worte.

„Bitte hilf mir!"

Zunächst konnte sie das Flüstern nicht verstehen. Doch als sich die Buchstaben zu Wörtern fusionierten, musste sie zucken. Solch Verzweiflung hatte sie noch nie gehört. In ihnen waren die niedrigsten aller Emotionen vereint.

Johanna wandte sich von der Tür ab. Der Blick auf den zusammengekauerten Franz traf sie schwer. Schäbig sah er aus, dachte sie, und schwach. Dass diese Person gerade zum Töten bereit war, konnte nur eine Lüge sein. Schließlich glich sein Gesicht selbst dem einer Leiche. Doch ihr Kampf war noch nicht lang her und die Flucht lag vor ihr.

Erneut griff sie nach der Klinke. Doch diesmal konnte sie diese herunterdrücken.

„Johanna,", schluchzte er, „Bitte bleib!"

In welche Situation war sie nur geraten? Sie biss sich auf die Unterlippe. Eine Flut durchbrach ihren Körper. Ihre Vorsätze schienen zu kippen. Das Bedürfnis nach Schutz wurde von dem Verlangen nach ihm überrollt. Franz war mehr als nur eine Affäre, dachte sie. Dennoch hatte er ihr Schmerzen zugefügt. Wo war ihr Verstand nur hin, fragte sie sich, war sie so jämmerlich? Nicht einmal dieser könnte sie noch retten. Die Welt lag nur wenige Zentimeter vor der Tür. Ihre Chance zu verschwinden würde vermutlich nie wieder kommen. Der Druck auf ihre Lippen wuchs. Das Treffen war mit keinem anderen zu vergleichen. Die Extreme des heutigen Abends hatte er stets gemieden. Auch ihr

Anreiz zu erscheinen hatte sich verändert. Zum ersten Mal hatte sie noch einen anderen Nutzen, als unerwiderte Innigkeit. Gehen würde sie jetzt nicht, das war ihr klar. Es imponierte ihr, dass Franz sie um Hilfe bat. Sie wurde gebraucht. Vielleicht war es nur eine Falle! Was war nur in sie gefahren? Doch zu verlieren hatte sie nichts. Ihr Entschluss stand fest.

Johanna ließ die Tür in das Schloss knallen. Die Wucht unterbrach sein Wimmern.

„Womit?"

Stille zog erneut ein. Sie glich einer Ewigkeit. Ihre Augen betrachteten noch immer die Maserung der Tür, da hörte sie Bewegung. Johanna wurde wieder bange, ihr Puls beschleunigte sich. Würde er zu ihr kommen und erneut seine Hände um ihren Hals schlingen? Es knallte. Franz war aufgestanden. Unfähig dazu, es mit beiden Beinen zu tun. Sie wandte sich zu ihm. Die Dame wollte Kontrolle, denn er kam in ihre Richtung. Jedoch bezweifelte sie seine Eignung zum Kampf. Nicht mal laufen konnte er.

Die eiskalten Hände von Franz umfassten ihre Fußgelenke. Sie bekam Gänsehaut.

„Ich bin ein verachtenswerter Mensch!"

Der Kommandant hatte die Beine nah an seinen Körper gezogen. Sein Gesicht zeige gen Boden. Betete er, fragte sie sich, bettelte er um Vergebung? War nun sie sein Herr? Hatte sie die Oberhand?

„Ich bin ein Kommandant. Ich stelle es mir vor, zu töten. Ich befehle es, zu töten. Ich töte selbst. Ich lasse die Feinde auf dem Feld jämmerlich krepieren, immer Bedacht auf den größten Erfolg. Niemand wird verschont." Franz blickte Johanna mit großen Augen an. „Nicht einmal Menschen, die ich liebe."

Das Gewitter schien sich vollends zu entladen. Der Wind hatte zugenommen und pfiff durch das geöffnete Fenster. Die Vorhänge tanzten.

„Ich beschreite Gipfel, ich beschreite Täler, gehe unbekannte Wege und folge zornigen Flüssen, um den Kontrahenten schließlich zu begegnen und ihnen das Gewehr auf die Brust zu setzen. Denn ich weiß, wir dürfen nicht verharren, wir dürfen nicht verweilen. Niemals rückwärts. Wir müssen weiter, vorwärts, immer gerade aus und dabei niemanden stehen lassen. Sie alle müssen fallen und bluten, bis keiner mehr gezählt werden kann. Nieder mit ihnen, das sagt man uns, selbst wenn wir mit ihnen untergehen. Für die Obigen das Beste, nicht weniger getraue ich zu melden. Die unwiderstehliche Rastlosigkeit, umfüllt mit der in uns brennenden Fiebrigkeit und die Erfolge, auf die wir warten, bringen die Taten eines Taugenichts zum Vorschein, denen wir uns in der tiefen Nacht stellen müssen. Nackt und pur. Doch die Division kennt kein Erbarmen, nimmer harren, immer raufen."

Johannas Herz schmerzte. Solch Worte aus seinem Mund zu hören, war kaum tragbar. Sie fühlte sich verletzt. Doch noch war es zu früh. Die Dame musste sich ihn anhören. Sie beugte sich zu ihm und ergriff das glühende Gesicht des Kommandanten. Noch immer waren seine Augen voller Röte. Der Rotz hing ihm aus der Nase. Schämen sollte er sich, dachte Johanna, wie sah er nur aus. Ihre Hände wanderten unter seine Achseln. Er verstand die Einladung. Das Aufrichten gelang nur mit ihrer Hilfe. Erschöpft ließ er sich in das

Bett fallen. Die Federn quietschten. Sie setzte sich neben ihn.

„Es verging kein Tag, an dem ich nicht der Meinung war, dass der Tod der einfachere Kampf gewesen wäre. Dies galt nicht nur meinen Kameraden oder dem Feind, sondern auch mir selbst. Ich bin schwach geworden, Johanna, das Vaterland ist bedeutungslos. Die Verantwortung ist nicht mehr tragbar. Ich werde meinen Gewehrlauf nie wieder säubern, die Messerklingen nie wieder schleifen und auch die Pistole nie wieder laden. Ich töte und habe dabei selbst die Angst, getötet zu werden. Doch um ein idealer Krieger zu werden, musst du deine Menschlichkeit aufgeben. Du wirst zu einem Monster, ohne es zu bemerken. Deine Entschlossenheit allein reicht nicht, um zu gewinnen."

Johanna legte ihre Hand auf seine Schulter. Sie wollte ihn beschwichtigen. Franz Worte waren ihr fremd. Es waren Geschichten aus Dimensionen, die sie noch nie betreten hatte. Nur vage konnte sie nachvollziehen. Jedoch hatte sie die Veränderung seiner selbst am eigenen Leibe erfahren müssen. Er war verwandelt. Seine Person bot ihr zweimal jährlich eine kurze Umstrukturierung ihres Lebens. Nicht häufig sprach er über seine Schlachten und Einsätze. Doch die Dame hatte sich aus den Informationen eine eigene Realität um ihn gebildet. Nur mit ihm fühlte sie Orientierung in ihrem Leben. Allein diesen Raum musste er betreten. Doch die Euphorie der Überlegenheit hielt nur so lange an, wie sie mit ihm zusammen war. Allein der Gang nach Hause, in Richtung ihres Alltags, ließ sie schwinden. Sie hatte seine Lektionen nicht verstanden und würde sie auf diesem Wege nie verstehen. Sie selbst war der Fehler. Die Konkurrenz und Einsamkeit wurde ihr nach jedem Arrangement bewusster. Das Bewusstsein eine Veränderung anzustreben wollte sie während dieses Treffens verstärken. Sie hatte Pläne. Doch das Wissen, in was sich der Kommandant verwandelt hatte, blieb ihr bis zu letzt verwehrt.

Franz richtete seinen Oberkörper auf. Der Kraftakt ließ ihn schwer atmen. Seine Haare hingen ihm über die Stirn, bemerkte Johanna. Er strich sie sich beiseite, als er wieder das Wort ergriff.

„Ich bin nicht der Erste, der aussteigen will", sprach er. „Schon viele andere Soldaten vor mir, haben gespürt, was das Kämpfen mit einem machte. Manch einer wurde Alkoholiker, entwickelte Traumata oder ließ es einfach über sich ergehen. Bei anderen war es zu spät. In der Kaserne entdeckten wir einige mitsamt belasteten Stricken." Franz rang nach Luft. „So möchte ich nicht enden!"

Das Gewitter brachte die Außenwelt zum Erleuchten. Durch das Fenster drang Erschütterung.

„Man erzählte uns, dass der Frieden stets vor uns lag. Wir müssten nur die Widersacher bekämpfen und unsere schmerzenden Herzen ertragen, dann würde alles gut werden. Mühsal würde sich auszahlen, hocharbeiten sollten wir uns. Dafür aber nicht zu viel denken! Es sei denn, es wäre von strategischen Nutzen. Doch der Verstand lässt sich nicht abtrainieren. Spätestens auf dem Minenfeld bemerkst du deine unterdrückten Gedanken, welche nach Liebe, Geborgenheit und heiler Natur schreien. Und wenn du dann dem Feind ins Auge blickst, spürst du, was die Welt mit dir angestellt hat. Du hast dich freiwillig dem Missbrauch dargeboten. Hast ihnen erlaubt, dich im Namen der Ehre zu entehren. Keine Rücksicht auf Verluste solltest du nehmen, bis du irgendwann realisieren musstest, dass der Verlust nicht den Feind darstellte, sondern deine Seele. Das Heer ist nicht anderes, als eine Ansammlung von gefühlskalten Bestien, welche alle nur darauf hoffen, möglichst exaltiert zu verrecken und davor etwas von Stolz und Würde zu plappern." Franz richtete seine Augen auf die Dame.

„Sind wir doch ehrlich zueinander, Johanna. Ich bin eines dieser Monster."

Die Wahrheit seiner Worte zerfloss in ihrem Mund. Das Grauen seines Lebens schmeckte furchtbar. Sie musste schlucken; vergeblich. Ihr Körper wehrte sich gegen den Reflex. Er kämpfte dagegen an. Der Magen verengte sich auf die Größe einer Bohne und ließ ihre innere Organe vor Druck beinahe explodieren. Die Dame sprang auf. Sie wollte sich nicht neben ihm übergeben.

„Hör auf, dir so etwas einzureden!", sprach Johanna. Das Stehen entlastete sie. Sie rief sich das Heben und das Senken ihres Brustkorbes in Erinnerung. Der Druck in ihrer Speiseröhre verringerte sich. Die Ablenkung tat ihr gut.

„Siehst du diese Stubenfliege?", fragte sie.

Ihr Finger deutete auf das Insekt, welches seit dem ersten Blitz erregt im Zimmer herumflog.

„Sie hat eine durchschnittliche Lebensdauer von einem Monat. In dieser Zeit versucht sie so ausgiebig wie möglich zu überdauern und dabei anderen das Leben zur Hölle zu machen. Sie frisst dir die Torte weg, für die du zwei Stunden in der Küche standest. Schlussendlich paart sie sich noch darauf. Sie putzt sich heraus, sie trinkt von deinem Apfelsaft. Doch irgendwann stirbt sie. Vielleicht wird sie gefressen, vielleicht erschlägt sie auch ein Mensch. Ihr Leben ist endlich. Über ihre Gemeinheiten, welche sie während ihrer Zeit verbrochen hatte, macht sie sich jedoch keine Gedanken."

Franz setzte sich auf. Seine Augen hafteten an ihrem Mund.

„Die Fliege hat für sich gelebt. Und zwar für sich allein."

„Aber Johanna", unterbrach sie Franz.

Er zog ungeniert den Rotz hinauf.

„Ich bin keine Stubenfliege. Ich bin ein Mensch, welcher Entscheidungen treffen kann, die ferner der Triebbefriedigung liegen. Haben wir die Macht vergessen, die in uns schlummert? Können wir nicht mehr denken? "

„Am Ende des Tages bist du immer noch ein Tier. Auch du musst dich ernähren, willst dich reinlich halten und ruhen. Von der Gruppe willst du nicht ausgeschlossen werden und lachen möchtest du ebenso. Ob nun Mensch oder Tier: Das Maß ist unwichtig, jedoch musst du hin- und wieder anderen schaden. Es liegt in unserem Blut. Was willst du schon tun, wenn du in eine solch verschissene Welt hineingeboren wirst?"

Dem Gespräch folgte eine Pause. Johanna beobachtete den Kommandanten und sah die Grübelei in seinem Gesicht.

„Ganz einfach", sprach er schließlich, „Ich möchte die Welt nicht *noch* verschissener machen. Das kann der Rest übernehmen."

Franz stand auf.

„Ich habe es satt, ein Gewissen mit mir herumzutragen, dessen Schwere ich nicht mehr standhalten kann. Es erdrückt mich in der Nacht und raubt mir meinen Schlaf. Die Bilder vor meinen Augen lassen meine Schande erkennen, die ich auf mich nehmen musste, damit Generäle und Verteidigungsminister weiterhin ihre Ärsche füttern können."

Sein Körper wirkte noch immer geschwächt. Unter seinem Hemd bildete sich ein Buckel ab. Er wirkte um Jahre gealtert, als er die Anbauwand ansteuerte, die einen Kühlschrank enthielt.

„Wasser?", fragte er.

„Nein, bring die Flasche Merlot mit", erklärte Johanna. „Und die Dose Erdnüsse im Regal!"

Die Kühlschranktür quietschte bei Bewegung. Er klemmte sich die Weinflasche unter seinen Arm und griff nach der Blechdose. Der Liter wirkte schwer, als er ihn in Richtung des Bettes trug. Stöhnend ließ er sich auf die Matratze fallen. Der Wein war billig. Er besaß nicht mal einen Korken.

Der Kommandant setzte die bauchige Flasche an seine Lippen und nahm einen beherzten Schluck der roten Flüssigkeit. Als hätten seine verlorenen Tränen alle Flüssigkeit aus ihm befördert, schluckte er gierig. Johanna setzte sich neben ihn. Mit einem lauten Schmatzen gab Franz den Merlot an sie weiter.

Die wohltuende Kälte hatte gerade ihren Magen erreicht, als Franz seine Ellbogen auf den Knien abstützte.

„Bald werde ich ein armer, arbeitsloser Mann sein. Wenigstens während der letzten Tage als Kommandant, wollte ich Wein ein Mal aus Gläsern trinken."

Die Selbstironie ließ ihn schmunzeln. Er öffnete die Dose der Hülsenfrüchte.

„Ich weiß Johanna, du hast es nur gut gemeint, du hast es immer nur gut mit mir gemeint. Aber auch wenn ich ein niedriges Wesen bin, vielleicht ja eine Stubenfliege, ist es niemals zu spät um zu realisieren und für einen besseren Platz im Himmel zu kämpfen. Dein Kriegsjubel in allen Ehren, doch nichts ist so falsch, wie das Töten und die Gewehre. Es sind allein die Stilmittel, welche die Schuld der Verbrecher begleichen. Sie wird verteilt. Doch ein Kind kann nichts für die Taten des Staatsoberhauptes. Ich erkenne nicht einmal mehr den Lohn. Wir kämpfen nicht für Reichtum und Profit. Denn sowohl der Gewinner, als auch der Verlierer lässt ein hungriges Volk zurück. "

Mit der Flasche in seiner Hand blickte Franz aus dem Fenster. Sie folgte seinem Blick. Erst jetzt bemerkte sie, dass immer weniger Blitze den Nachthimmel erleuchteten. Das Gewitter war weitergezogen.

„Doch nicht nur das Heer ist verloren", Franz schluckte, „Die ganze Menschheit wird zugrunde gehen."

Johanna beobachtete sein Profil. Es bewegte sich im Takt seiner Worte.

„Des Künstlers Zeichnungen sind starr geworden. Nichts worin man sich mehr verlieren könnte. Die Welten der Philosophen gleichen den Bestehenden. Den Norden findet die Kompassnadel nach wie vor. Und die Geschichtenerzähler formulieren Dramen der Existenzen, denen wir das Leben auf dem Schlachtfeld rauben. Es gibt nichts mehr, worin wir uns noch verlieren könnten!"

Der Kommandant neigte sein Gesicht zu Johanna. Ihre Augen klebten noch immer auf ihm.

„Das Träumen müssen wir wieder erlernen und das Panzerfahren vergessen. Doch hinter dem letzten Gestellungsbefehl und Tropfen Blut hat es mich geblendet und gepackt. Selbst du wirst es irgendwann verstehen müssen. Der Pazifismus lässt dich und dein Land nicht verwelken."

Die Überzeugung ließ die Dame erfrieren. Die Gänsehaut breitete sich auf ihrem Körper aus. Bald würde sie ihn nicht mehr verstehen. Er riss ihr Verständnis aus den Angeln. Franz war ein begnadeter Sprecher. Johanna wusste um seinen Verlust als Kommandant. Das Militär brauchte ihn. Nicht jeder konnte eine Division in den Tod schicken. Doch konnte Franz auch *sie* in das Verderben stürzen?

„Was wird nun aus uns?" Sie griff hektisch nach der Flasche. Das Zittern ihrer Hände musste sie kaschieren. „War das unser letztes Wiedersehen?"

Die seichten Blitze des Himmels hatten sich nun vor ihre Augen projiziert. Die Antwort wollte sie nicht hören. Seine Worte würden Folgen haben. Egal, welche Sätze sie bildeten.

Franz atmete tief ein.

„Ich werde keinen Grund mehr haben, in diese Gegend zu reisen. Der Flughafen mit seinen Direktflügen wird unwichtig werden. Eine unschuldige Frau, die ich beinahe zu meinem letzten Opfer gemacht habe, kann ich nicht verkraften. Ich brauche Zeit, Johanna. Ich muss umdenken. Allein."

Ihr Magen zog sich zusammen. Der Inhalt wollte erneut nach außen gelangen. Doch ihr Ankämpfen wurde schwächer. Die Worte in ihren Ohren schmerzten ihr mehr, als Franz Hand um ihre Kehle. Noch einmal würde sie die Vorboten des Todes auf sich nehmen, wenn es das Gesprochene ungeschehen machen ließe. Die bittere Gewissheit war ihr ein Kloß im Hals. Niemals wieder würde sie auf ihn warten. Was sollte nun aus ihr werden? Die Pfeiler auf denen sie baute, wurden eingerissen. Das einbrechende Meer würde sie nicht ertragen können. Ihr Zugang zur Welt würde sich verschließen. Sie würde zurückgelassen werden. Allein. Sie schluckte ihren Mageninhalt hinunter. Nein, dachte Johanna, den Zustand der Isolation kannte sie bereits. Es war ihr Urzustand.

Sie biss sich auf die Lippe. Es war die Scham, die sie umhüllte. Bald wäre sie eingeknickt. Das Bad des Selbstmitleids hatte sie bereits bestiegen. Raus da, dachte sie. Schließlich war sie eine erwachsene Frau. Sie benötigte ihn nicht. Es war ein Trugschluss. Johanna hatte sich in eine Illusion verliebt. Es glich einem Traum. Welche seiner Worte waren Wahrheit und welche Lüge? Sie kannte ihn nicht. Und er sie ebenso nicht. Er hatte nie gefragt, wer sie war, woher sie kam und was sie mochte. Damals hätte die Dame keine Antwort gehabt, aber heute wusste sie, was sie wollte. Franz würde sie nie wieder sehen; seine Worte nicht mehr hören. Auch wenn es das seltene Lachen und die Komplimente waren. Schließlich musste die Dame weiter, vorwärts, immer gerade aus.

Sie benötigte noch etwas von ihm. Sie wusste, wie sie es bekam.

„Franz?", sprach sie.

Johanna vernahm ein leichtes Nicken. Sie nahm einen letzten Schluck des Weines. Den Mantel hob sie sich von den Schultern und entledigte sich der Reste ihres Kleides.

„Ein letztes Mal", verkündigte sie und nahm den Platz auf Franz Beinen ein.

Die zärtlichen Berührungen stimmten sie melancholisch. Johanna dachte an die Liebe, an die heile Natur und an die Überlegenheit des Menschen. Doch während des Finales bestätigte es sich ihr: Franz und sie waren nichts weiter, als Stubenfliegen.

Vom ursprünglichen Terrorzustand des Abends war nichts mehr übrig. Der Regen war während des Aktes vorbeigezogen. Franz war entspannt. Sein Schweiß roch nach Demut. Er atmete schwer. Die junge Frau lag neben ihm. Ihr Leib war umhüllt von einem Laken. Der Wein hatte sie nachdenklich gestimmt. Doch das Gefühl von Übermenschlichkeit war kraftvoller den je. Johanna war sich sicher. Sie hatte das Recht inne.

„Ich danke dir!", sprach sie.

Im Augenwinkel vernahm sie einen fragenden Blick. Seine Gier nach Luft hatte sich beruhigt.

„Wofür?"

Johanna stützte sich auf ihre Ellenbogen. Eine aufreizende Mimik zierte ihr Gesicht. Sie beobachtete ihn und fuhr die Silhouette seines Kopfes ab. Welch räudiges Wesen du nur bist, dachte sie, und hinterhältig noch dazu.

„Für alles!"

Sie sah das Unverständnis in seinem Gesicht. Er hatte sie nie nach etwas gefragt. Dafür würde er heute auch keine Antwort erhalten. Sie reagierte mit einem Kuss auf seine Wange und wand sich aus den Betttüchern. Ihre Klamotten waren weit verstreut. Sie sammelte sie ein.

„Ich werde jetzt eine Dusche nehmen", sprach sie und verschwand im Badezimmer.

Sie brauchte Zeit.

Die Worte nicht wie eine Einladung klingen zu lassen, stellte sich als klug heraus. Die Einsamkeit mischte sich mit dem Wasser, was auf ihren Körper fiel. Sie wollte es nicht mehr missen.

Der Tag war zermürbend. Der Schlaf war ihr fern. Umso mehr hoffte sie darauf, dass die Flüssigkeit nicht nur ihren Schweiß beseitigte. Ihre Erschöpfung sollte ebenso verschwinden. Johanna hatte ein Ziel. Es hatte sie in das Zimmer gelotst und hielt sie noch immer hier fest. Sogar ihr Leben hatte sie dafür riskiert. Doch die Ruhe vor dem Sturm wollte sie genießen. Die Aufmerksamkeit galt dem Wasser.

Sie streckte ihre Nase in Richtung der Brause. Die Tropfen perlten von ihrem Gesicht ab. Sie rannten ihre Wangen herunter, kamen in Kontakt mit ihren Schlüsselbeinen und trafen sogleich auf die Oberseite ihrer Füße. Johanna wurde von einer Schicht umhüllt, die einer Rüstung glich. Sie dachte an die Ewigkeit, an eine nicht begreifbare Macht, an eine unbegrenzte Stärke. Es würden bessere Zeiten kommen, stellte sie fest. Die Welt würde wieder in Waage geraten. Schließlich müssen wir weiter, vorwärts, immer gerade aus. Nichts bleibt stehen. Niemals harren, immer raufen. Es beginnt heute, es beginnt hier, es wird niemals enden. Wir sind die Guten, ihr seid die Bösen. Es geht immer weiter. Es hört niemals auf. Wir schreiten voraus, wir sind schneller als ihr. Hör auf zu denken, denn es geht weiter. Es geht weiter, es geht weiter, es geht weiter, weiter und immer–

„Franz?"

Johanna drehte das Wasser ab und hielt inne. Was war das? Sie lauschte und erkannte das Geräusch, welches die Grausamkeit von Bombeneinschlägen, Morddrohungen und Geschossen übertrumpfte: die Stille. Sie stieg über den Wannenrand. Beinahe rutschte sie aus. Ihr Kleid war klamm, als sie es überzog. Sie musste lange unter der Dusche gestanden haben.

Im Badezimmer hatte sich eine hohe Luftfeuchte gebildet. Der Nebel behinderte ihre Sicht, als sie die Tür öffnete. Sie wedelte, doch es dauerte eine Weile, bis sie Franz sehen konnte.

„Das Leben ist temporär. Ob die Kausalität nun eine Waffe sei, oder die Mutation deiner Gene ist reine Nebensache", sprach Johanna. Hörbar war es nur für sie. Ihre Augen erblickten den nackten Körper. Er war blau. Im Bett waren Hülsenfrüchte verteilt.

„Doch ein Kommandant", schrie sie, „Sollte nicht an einer gesalzenen Erdnuss verrecken! Und schon gar nicht heute!"

Ihr Leib wurde mit der Wut eines Feuers durchtrieben. Das Feuerwerk entlud sich mit einer Wucht, die ihr fremd war. Auf dem Boden lag kein Franz mehr, sondern ihr Feind. Er hatte die Seiten gewechselt. Mut und die Standfestigkeit war von ihm verschwunden. Nichts war mehr davon übrig. Der Eid des Kommandanten war gebrochen. Stattdessen hatten sich seine Schwächen um ihn gehüllt. Er war ein Feigling, dachte Johanna, ein feiger Hund war er.

Sie ging auf das Bett zu. In ihr wuchs ein Bedürfnis. Die Faust wollte die Dame ihm auf den Brustkorb jagen. Ob aus Gründen von Rettung, oder Rache wusste sie nicht. Sie spürte nur den Trieb, der von ihren Fingerspitzen zu ihren Zehen drang. Johanna loderte. In ihren Augen brannte das Feuer.

Sie erinnerte sich an den Kommandanten, den Franz vor einiger Zeit verkörperte.

Sie erinnerte sich an ihr jämmerliches Leben, von dem sie wie ein Feigling flüchtete.

Sie erinnerte sich an all die vergeudeten Jahre, die sie mit Hoffnung und Selbstmitleid gefüllt hatte.

Sie erinnerte sich an den Tod und an das Leben.

Und sie erinnerte sich an ihren Traum.

Vor ihren Augen zuckte es. Ihr Körper würde bald platzen. Sie müsse ihre Wut herauslassen, dachte sie. Einmal alles richtig machen. Nicht zu viel denken, sondern *tun*. Ein Macher sein.

Johanna erhob die Fäuste. Sie musste die Nuss befreien. Schließlich benötigt er einen Atem, um schreiben zu können. Ihr Stand war fest. Jeden Muskel konnte sie unter dieser Spannung spüren.

Doch dann geschah es.

Plötzlich realisierte sie.

Die Welt vor ihren Augen begann zu blitzen. Das Licht raubte ihr die Kraft. Ihre Arme wurden der Schwerkraft überlassen. Die Dame spürte die Veränderung. Sie verwandelte sich. All ihr Mut fiel von ihr ab. Der Panzer war zerbröckelt. Die Metamorphose brachte eine Gestalt zutage, der sie entfliehen wollte. Sie wurde wieder zu Johanna. Die feige und bemitleidenswerte Frau, deren Ziel ein halbjährliches Arrangement war. Was war nur geschehen? In ihren Augen stiegen die Tränen auf. Sie schmerzten ihr. Das Schließen ihrer Lider konnte das Meer nicht zurückhalten. Sie wusste, es war vorbei. Endgültig. Bedingungslose Kapitulation.

Die Dame suchte ihre Kleidung und Gepäck zusammen. Der kleine Rucksack und ihr Mantel waren schwer. Warum fielen immer Bomben auf ihre Luftschlösser aus Träumen, fragte sich Johanna. Nach Hause gehen konnte sie nicht. Er stand noch in ihrer Schuld. Sie öffnete die Schleife des Rucksackes von Franz. Sie konnte ihn berühren. Zum ersten Mal. Doch es erregte sie nicht. Die Dame entdeckte seine Geldbörse. Ihr Kleid hatte mehr gekostet, als sie Geld finden konnte. Sie nahm alles mit.

Johanna ging zur Tür. Das Metall der Klinke war kalt. Ein letztes Mal drehte sie sich um. Sie sah den sterbenden Franz. In ihrem Kopf erschienen Bilder, wie sie zusammen lachten, zusammen badeten, zusammen schliefen. Doch die schmerzhafteste Erinnerung würde sie noch erleben müssen. Ihr Ziel war gescheitert. Die Mission abgebrochen. Jahre für nichts und aber nichts. Ihr Trott würde weitergehen. Für immer.

Sie griff in ihren Rucksack, der über ihrer Schulter hing. Herausholte sie einen Briefumschlag. Ihre nassen Haare tropften auf das weiße Papier.

„Wir werden scheitern", sprach Johanna.

Die Bewerbung für das nationale Militär zerriss sie. Franz würde nicht mehr unterschreiben können. Eine persönliche Empfehlung von ihm war nicht mehr möglich.

Sie verließ das Zimmer.

„Am schnellsten beendet man einen Krieg,
indem man ihn verliert."

George Orwell